MOLLY VERZAUBERT IHRE WELT

BAND 2

ANNA CAMILLA KUPKA

Illustriert von

CAROLE ISLER

BUTTERFLY PUBLISHING

Butterfly Publishing - Anna Camilla Kupka

Text: Anna Camilla Kupka

Illustrationen: Carole Isler

Lektorat: Ursula Tanneberger

Molly radelt fröhlich den gewundenen Pfad entlang, lässt ihre Haare im Wind flattern und genießt die warme Luft auf ihrer Haut. Die Sonne kitzelt sie mit ihren Strahlen und Molly beginnt an ihre reiche und bunte Innenwelt zu denken, die sie vor ein paar Wochen kennenlernen durfte und die ebenso vielfältig ist wie dieser schöne Sommertag. Vor allem hat sie erkannt, dass sie in ihrem Innersten die reine Liebe ist. Seit sie das weiß, fühlt sie sich wie neugeboren und sieht sich selbst und die Welt in einem neuen Licht.

Am meisten fasziniert Molly, dass sich auch in ihrem äußeren Leben irgendwie alles gewandelt hat. Es scheint, als sei ihr neues Selbstbewusstsein ihr regelrecht auf die Stirn geschrieben und alle Menschen könnten es mit einem Blick erfassen. Denn seitdem behandeln alle sie anders, besser. Die Mädchen, die sie immer gehänselt haben, halten sich zurück und ihr Bruder ist nicht mehr so ein Quälgeist.

Sie ist auch in der Schule besser geworden, weil sie die Dinge gelassener sieht und sie daher ernst nehmen kann, ohne von ihnen überwältigt zu werden. Sie nimmt sich jetzt eine Sache nach der anderen vor und damit lässt sich alles bewerkstelligen – selbst die Aufgaben, die ihr zuvor schier unüberwindlich erschienen. Sie weiß jetzt: Oft ist die Vorstellung einer Sache schlimmer als die Sache an sich.

Sie weiß jetzt sowieso viel mehr als zuvor. Und das merken auch die anderen, obwohl sie den wahren Grund dafür nicht kennen. Ihre Mutter zum Beispiel guckt sie in letzter Zeit immer öfter verwundert an, was Molly zum Grinsen bringt. Nach dem Besuch in ihrem Inneren fühlt sie sich fast wie eine weise, alte Dame. So, als könnte sie selbst ihrer Mutter noch etwas über dieses Leben hier erzählen. Aber das tut sie nicht. Ihre Mutter würde es vielleicht auch gar nicht verstehen.

So in Gedanken versunken erreicht Molly schließlich ihre Lieblingsstelle, einen gemächlich dahinplätschernden Bach, der durch grüne Gräser und blühende Blumenwiesen führt. Hier ist sie ungestört und fühlt sich frei und der Natur sehr nahe. Bienen summen um sie herum, überall zirpt und brummt es und der Sommer lässt sich nicht nur fühlen und sehen, sondern auch hören. Es herrschen ein wundervoller Frieden und eine einschläfernde Ruhe. Molly stellt ihr Fahrrad ab, krempelt die Hose hoch und lässt ihre Füße im kühlen Wasser baumeln. Dann legt sie sich auf den Rücken und schaut den vorbeiziehenden Wolken zu.

Ihre Gedanken wandern zu Katrin, die in Mollys Klasse geht und immer versucht hat, Molly das Leben schwer zu machen. Das ist zwar besser geworden und Katrin piesackt sie zumindest nicht mehr, aber Molly versteht nicht, wieso das Mädchen ihr gegenüber weiterhin kalt und abweisend ist. Sie denkt, dass sie sich eigentlich ganz gut verstehen könnten, aber Katrin lässt keine Annäherung zu. Und Molly hat zu viel Stolz, um sich bei ihr anzubiedern.

Früher hat Katrins Verhalten Molly wehgetan und sie hatte manchmal sogar Angst, in die Schule zu gehen. Seit der Reise zu ihrer wahren Natur sieht sie die Dinge anders, aber trotzdem wünscht sie sich zu verstehen, was in so einer Katrin vor sich geht, was sie denkt und fühlt. Ob es ihr wohl so geht wie Molly, bevor sie ihr Innerstes kennenlernen durfte? Damals fühlte sie sich oft verwirrt und viele Dinge haben keinen Sinn ergeben. Geht es Katrin vielleicht ähnlich und ist sie deswegen stets so kalt und wirkt irgendwie unzufrieden?

Das ist eine interessante Frage, findet Molly. Aber die Antwort darauf hat sie nicht. Schließlich kann sie nicht in andere hineingucken. *Schade eigentlich, wäre doch mal interessant zu wissen, wie es in anderen Menschen so aussieht,* ist ihr letzter Gedanke, bevor in ihrem Inneren ein ohrenbetäubender Lärm ertönt.

Molly zuckt zusammen. *Was ist hier nur los?,* denkt sie sich. Eine laute Männerstimme brüllt sie an und gibt ihr Anweisungen. Wortfetzen erreichen sie:

„Nun mach schon!“, „Wann tust du ... endlich?“, „Habe ich dir nicht schon 1000-mal gesagt ...?“, „Du musst ...“, „Sei nicht so dumm …“

Molly spürt, wie sich in ihrem Körper eine panikartige Unruhe ausbreitet. Die Worte sind wie Peitschenhiebe. *Was ist das für ein fürchterliches Gebrüll?,* denkt sie erschrocken. *Wieso schreit der Mann mich an, was hab ich denn falsch gemacht?* Sie ist völlig verunsichert und die schöne Landschaft um sie herum will so gar nicht zu dem Getöse in ihrem Inneren passen.

Dann hört sie zu ihrem Erstaunen wieder und wieder das Wort ‚Katrin' heraus. *Wieso nennt der brüllende Mann mich Katrin? Das macht doch alles keinen Sinn,* denkt Molly sich perplex. Doch dann begreift sie, dass der Mann gar nicht sie meint, sondern seine Worte scheinen stattdessen an Katrin gerichtet zu sein, an die sie eben noch gedacht hat.

In ihrem Inneren ... Molly runzelt die Stirn. Sie ist sich gar nicht mehr sicher, ob dies hier wirklich ihr eigenes Inneres ist. Ihr Innenleben hat sie doch kennengelernt und es war dort ganz anders als das, was sie jetzt wahrnimmt. Irgendetwas stimmt hier nicht.

Langsam schwant es ihr: Dies hier ist gar nicht ihr Körper, sondern sie kann stattdessen spüren, wie es sich in Katrins Körper anfühlt! Hat sie sich nicht eben noch gedacht, dass sie sich gerne mal in andere hineinversetzen würde? Kaum hat sie es sich gewünscht, ist es auch schon passiert. *Na prima,* denkt sie sich, *jetzt hab ich den Salat! Ich sollte wirklich ein bisschen besser darauf achten, was ich mir wünsche. Möchte ich das jetzt wirklich – genau das empfinden, was Katrin empfindet?*

Das Ganze ist irgendwie unheimlich und Molly nimmt sich vor, nicht allzu lange hierzubleiben. Wenn sie sich in jemand anderen hineinwünschen konnte, kann sie sich doch sicherlich auch wieder hinauswünschen? Aber da sie jetzt schon einmal hier ist, nimmt ihre Neugierde doch Überhand und sie beschließt, noch etwas länger dazubleiben und weiter hinzuhören, egal wie sehr der Lärm sie auch verunsichern mag.

Je mehr Molly hört, desto klarer wird ihr, dass es sich um Katrins Vater handelt, der hier brüllt und der gar nicht mehr aufzuhören scheint. So neugierig Molly eben noch gewesen sein mag, der Lärm ist wirklich unerträglich! Sie versucht, der aggressiven Stimme zu entweichen, indem sie sich mehr und mehr in den Körper verkriecht. Irgendwo muss es doch einen Rückzugsort geben! Aber der Lärm scheint überall zu sein, es gibt kein Entkommen.

Genau wie bei dem Besuch in ihrem eigenen Körper ist Molly hier mittendrin. Doch während ihr eigener Körper wie ein einwandfrei organisiertes Labor aussah, das mit dem Gleichklang eines perfekt aufeinander eingespielten Orchesters funktionierte, scheint bei Katrin nichts zusammenzupassen. Es ist, als würden alle Instrumente wild und unkontrolliert durcheinanderspielen, das Ganze noch unterlegt von dem Getöse des Vaters. Alles scheint lärmend und unharmonisch.

Molly hält sich die Ohren zu, aber auch das bringt nichts, denn damit hält sie ja nur die Geräusche von außen fern. Drinnen bleibt es jedoch gleich und dem Körper kann man nicht einfach so entfliehen.

Glücklicherweise erinnert sie sich daran, dass ihr Schutzengel ja immer bei ihr ist. „Was geht hier vor?", ruft sie ihm jetzt verzweifelt zu. „Wieso ist das hier so ein Chaos? Wie kann Katrin denn so leben, das ist ja kaum auszuhalten!"

„Ich weiß, liebe Molly", antwortet ihr Schutzengel prompt und obwohl er leise spricht, hat der Lärm glücklicherweise keine Chance gegen seine zarte, aber überraschend durchdringende Stimme. „Wie du hören kannst, ist Katrin mit einem sehr aufbrausenden Vater groß geworden, der hohe Ansprüche an sie stellt. Seine Worte und seine Erwartungshaltungen sind alles, was sie wahrnehmen kann. Sie kennt es nicht anders. Selbst wenn er nicht da ist, hallen seine Stimme und seine Anforderungen weiterhin in ihr nach. Etwas anderes kommt kaum zu ihr durch. Das setzt sie unter einen enormen Stress."

„Das ist ja schrecklich! Was kann man denn da machen?", fragt Molly entsetzt.

„Ich glaube, du weißt, was man da machen kann", antwortet ihr Schutzengel sanft. „Dir ging es doch vor ein paar Wochen auch noch nicht so gut. Was hat dir denn geholfen?"

Molly überlegt. „Ich habe erkannt, dass ich in meinem Innersten die Liebe bin, und das war eine unglaublich schöne Erfahrung." Jetzt muss sie trotz des Lärms lächeln.

Ihr Schutzengel scheint auch zu lächeln als er sie jetzt fragt: „Was würdest du dir also für Katrin wünschen?"

Molly antwortet, ohne weiter nachdenken zu müssen: „Ganz einfach: Dass sie erkennt, wer sie wirklich ist. Dass sie diesen Lärm nicht für die Wahrheit hält – das wünsche ich Katrin!"

„Hmmm, das ist der schönste Wunsch, den man für einen anderen Menschen haben kann, Molly, das gebe ich zu. Aber wie willst du das schaffen? Du kannst es ihr ja schlecht erklären, oder? Sie weiß ja gar nicht, dass du sozusagen in ihr steckst, und dann kennt sie fast nichts anderes als diesen Lärm. Sie hält ihn also für die Wahrheit. Dagegen wirst du mit Worten allein schlecht ankommen können, was meinst du?"

Molly nickt. „Ja, das stimmt wohl", gibt sie zu. Sie fühlt sich etwas hilflos. Kann sie denn gar nichts machen?

„Gib noch nicht auf, vielleicht kannst du doch etwas tun, Molly", ermuntert ihr Schutzengel sie. „Überlege mal: Bevor du erkannt hast, dass du in deinem Innersten die reine Liebe bist, als du dich noch für ein Mädchen ohne besondere Fähigkeiten hieltest, was hast du da getan, um die Dinge in deinem Inneren zu verwandeln?"

Molly denkt nach. Sie möchte jetzt keinen Fehler machen. Das hier ist zu wichtig. Wenn sie Katrin helfen kann, sich von ihrer Last zu befreien, will sie das auf jeden Fall tun. Sie erinnert sich zurück an die Reise in ihr Inneres, an die Landschaft mit dem grauen Berg, den gekrümmten Figuren, den schleimigen Fröschen ... Sie alle kamen hässlich daher, dunkel und wie abgestorben. Und dann hat sie etwas getan, das sie plötzlich zu etwas Schönem, zu etwas Friedlichem und Lebendigem werden ließ. Aber was genau war das gewesen? Vielleicht könnte sie ja jetzt das Gleiche für Katrin tun. Mollys wundersame Reise zieht nochmals an ihr vorbei, die Begegnung mit all den Gefühlen und Empfindungen, die sie zunächst nicht wahrhaben wollte und dann doch in ihr Herz geschlossen hat.

„Ich habe Mitgefühl für sie entwickelt", sagt sie schließlich und strahlt vor Erleichterung. „Am Anfang stießen sie mich alle ab und ich fürchtete mich. Aber als ich genauer hinsah, taten sie mir irgendwie leid und ich erkannte, dass sie gar nicht so furchterregend waren wie ich anfangs dachte. Sie waren sogar fast noch unsicherer als ich. Deshalb wollte ich nicht mehr vor ihnen davonlaufen, sondern ihnen helfen. Ich habe regelrecht mein Herz für sie geöffnet, ich erinnere mich, wie es in mir weiter und weiter wurde. Ich konnte es richtig spüren. Das hat dann lustigerweise die Wesen selbst verwandelt und sie wurden plötzlich schön. Aber das weißt du ja, du warst ja selbst dabei. Dies war jedoch alles in mir drin, da habe ich natürlich Einfluss drauf, aber Katrin ist doch ein eigenständiger Mensch, da kann ich sie doch nicht verändern. Ich weiß nicht, wie du das vergleichen kannst!"

„Du hast dich gut erinnert, Molly", sagt der Schutzengel jetzt freundlich. „Lass uns doch das Ganze mal genauer betrachten. Wenn du dein Herz für andere Menschen oder sogar für Dinge öffnest und Mitgefühl für sie entwickelst, dann ist das doch fast so, als ob du ihren Schmerz und ihre Freude selber empfinden könntest, nicht wahr?"

„Ja, bei Menschen schon", sagt Molly. Sie erinnert sich, sie hatten in der Klasse mal eine, die immer dermaßen nervös wurde, wenn der Lehrer sie aufrief, dass ihr Hirn regelrecht blockiert schien und sie auf die einfachsten Fragen nicht antworten konnte. Dabei war sie ein intelligentes Mädchen, halt einfach nur nervös. Und jedes Mal, wenn sie drankam, war es für Molly, als sei sie selber in der Situation und es schnürte ihr ebenfalls den Hals zu. Mitgefühl mit Menschen hat sie also in jedem Fall. Aber der Schutzengel sprach ja auch von Dingen. Das ergibt für Molly jedoch keinen Sinn, denn Dinge leben ja nicht.

Der Schutzengel kann wie immer ihre Gedanken lesen.

„Überleg mal, man kann nicht nur mit Menschen Mitgefühl haben. Du hattest es doch sogar mit deinen Gefühlen."

Stimmt, denkt Molly, *wie konnte ich das so schnell wieder vergessen?*

Und die Stimme fährt fort: „Und als Kind hat es dir wehgetan, wenn du dachtest, deine Puppe oder dein Teddy hätten sich wehgetan – das sind auch keine Menschen. Dir bedeuteten sie jedoch genauso viel. Viele Menschen haben Mitgefühl mit der Natur, mit den Bäumen und den Blumen, und sehr vielen Menschen fällt es leichter, mit Tieren Mitgefühl zu entwickeln als mit ihren Mitmenschen. Ich meine, dass man nicht nur mit anderen Menschen Mitgefühl haben kann, sondern mit allem auf dieser Welt."

Molly nickt eifrig. *Ja, das stimmt.* Wenn sie im Fernsehen sieht, wie Tiere gequält werden, tut ihr das auch immer selbst weh. Sie kann dann kaum hinschauen und ihre Mutter wechselt glücklicherweise schnell den Sender.

„Lass uns diesen Gedanken kurz weiterspinnen", fordert ihr Schutzengel sie auf. „Dies hier ist wichtig: Es wird dir helfen, die Welt nicht nur anders zu sehen, sondern sie sogar zu verwandeln, zu verzaubern. Du hast mehr Macht, als du denkst, Molly."

Molly ist aufgeregt. Sie fühlt sich groß und wichtig. „Ok, dann lass uns loslegen", sagt sie gespannt.

„Du erinnerst dich doch an die Stimme der Liebe, Molly. Weißt du noch, was sie dir gesagt hat?"

„Das werde ich nie vergessen! Sie hat gesagt, dass wir alle in unserem Innersten die Liebe sind, dass die Liebe ewig ist, dass alles aus ihr heraus entsteht und dass alles zu ihr zurückfindet", antwortet Molly mit vor Aufregung glühenden Wangen. Die Begegnung mit der Liebe war das Schönste, das ihr jemals passiert ist.

„Genau", sagt ihr Schutzengel lächelnd. „Alles, absolut alles, kommt aus der Liebe und daher ist im Ursprung alles eins. Hinter all den Unterschieden, die wir an der Oberfläche wahrnehmen, entsteht alles aus einer einzigen Energie. Wenn du Mitgefühl mit einem anderen Wesen empfindest, löst du die oberflächlichen Grenzen zwischen dir und dem anderen auf und empfindest mehr und mehr die Einheit zwischen euch. Du kannst seinen Schmerz wie deinen eigenen fühlen, seine Freude wie deine eigene Freude. Wenn du tiefer und tiefer gehen würdest, würde sich im Ursprung alles andere auflösen und nur noch die Liebe wäre als die eine vereinende Energie übrig. Das ist dann absolute Glückseligkeit. Wenn du also zu jemandem sagst ‚Ich liebe dich', dann sagst du eigentlich: ‚Mit dir fällt es mir leicht, unsere Einheit namens Liebe zu erfahren'. Bei Manchem fällt uns das leicht und bei anderen fällt es uns halt schwerer. Die Einheit zwischen uns allen ist aber immer da – nur vergessen wir dies noch oft."

„Ja, schon", antwortet Molly, „aber wie soll ich das jetzt anwenden, um Katrin zu helfen?" So schön das Gespräch auch sein mag, Molly wird langsam ungeduldig.

Ihr Schutzengel kommt ihr wieder zu Hilfe: „Dazu kommen wir jetzt, Molly. Die Liebe wäre nichts wert, wenn sie nur ein reines Gedankenkonstrukt wäre, das praktisch nichts nützen würde. Aber sie ist die größte Macht, die es gibt, eigentlich die einzige Macht. Das heißt, wenn du die Liebe in dir aufwallen lässt, dich damit füllst und sie auch auf andere Menschen überfließen lässt, können diese Menschen gar nicht anders, als von dieser Liebe durchdrungen zu werden und sich ebenfalls von innen heraus zu verwandeln."

Molly schaut verblüfft.

Der Schutzengel fährt fort: „Lass mich dir dies etwas anschaulicher machen:

Stell dir vor, du seist ein tiefer Brunnen. Unten ist das Grundwasser. Es ist überall vorhanden und jeder braucht es zum Leben, aber nicht alle kommen an das Grundwasser heran und viele haben sogar vergessen, dass es das Grundwasser gibt. Das Land um dich herum ist trocken und verdorrt. Du jedoch reichst so tief in die Erde hinein, dass das Wasser eine Chance hat, hochzukommen. Ach, was sag ich da – es hat gar keine andere Möglichkeit, als in dir hochzusteigen. Du musst gar nichts machen, einfach nur bereit für das Wasser sein, das von unten nach oben dringt. Du lässt dich also mit dem Wasser auffüllen, bis ganz an den Rand hinauf und dann darüber hinweg, sodass das Wasser auf das übrige Land fließt, es befeuchtet und durchdringt. Mehr und mehr Wasser lässt du hochkommen und überlaufen. Jetzt wird auch das Land um dich herum wieder fruchtbar. Blumen werden erblühen, einige schneller, andere langsamer, aber unermüdlich wird das Wasser alles durchdringen und alle werden sich nähren von diesem wichtigen Lebenselixier. Ein einziger Brunnen war genug, um das zu vollbringen. Und dann kommt vielleicht ein zweiter Brunnen hinzu und ein dritter und in kurzer Zeit kann alles blühen und duften und mit Leben gefüllt sein. Die Pflanzen werden sich erholen und sich wieder an die Existenz des Grundwassers erinnern. Und sie werden es selber finden wollen. Dann werden ihre Wurzeln lang genug in die Tiefe wachsen, damit sie sich selber vom Grundwasser nähren können. Vielleicht wird eines Tages auch wieder Regen übers Land ziehen und die erforderliche Feuchtigkeit im Überfluss bringen. Flüsse werden entstehen und irgendwann wird keiner mehr darüber nachdenken, dass man mal dachte, es sei nicht genug Wasser für alle da. Womöglich sind Brunnen dann gar nicht mehr notwendig. Aber bis es so weit ist, braucht man sie, um das Wasser, das eigentlich allen zur Verfügung steht, hochzuholen und in die Welt zu schaffen.

Sei du solch ein Brunnen, Molly, nicht für Wasser, sondern für die Liebe, die noch viel wichtiger als Wasser ist. Denn im Gegensatz zum Wasser und zu allen anderen Dingen ist die Liebe unendlich, sie wird niemals weniger, egal, wieviel du von ihr gibst! Und gleichzeitig kannst du niemals zu viel davon geben. Denn die Liebe mag nichts lieber, als verschenkt zu werden. Gib den Menschen und Dingen um dich herum so lange Liebe, bis sie sich selber wieder daran erinnern, dass die Liebe auch ihre Essenz ist und sie sie in sich selber suchen werden. Das ist alles, was du tun musst, wenn du die Welt verbessern möchtest, Molly. Du kannst nicht alles im Äußeren verändern, und das ist auch nicht nötig. Es reicht, die Menschen an ihre wahre Essenz zu erinnern. Jedes Kind und jeder Erwachsene kann das und daher haben alle die Macht, die Welt zu verwandeln."

Molly hört mit glänzenden Augen zu. „Ich verstehe", sagt sie jetzt. „Und du hast recht. Wenn ich Katrins Schmerz spüre, tut mir das regelrecht selber weh und ich kann gar nicht anders, als mein Herz für sie zu öffnen. Ich hatte ja keine Ahnung, womit sie leben muss!"

Und mit diesen Worten öffnet Molly ihr Herz noch weiter und spürt, wie die Liebe in ihr hochsteigt, regelrecht aufwallt und in Katrins Richtung fließt. Je mehr die Liebe Katrin berührt und umspült, umso leiser wird der Lärm in ihrem Körper. Die Liebe scheint den Lärm einfach aufzulösen – ohne Kampf und ohne Anstrengung. Jetzt nimmt Molly langsam andere Klänge wahr, liebliche Töne, die sich zunächst verhalten und dann immer beherzter aus der Stille erheben, um den Raum schließlich mit ihrer zarten und feinen Melodie zu erfüllen. Was sich zuvor wie lautes Schlagzeugtrommeln angehört hat und wahrscheinlich Katrins wild schlagendes Herz war, weicht einem beruhigend gleichmäßigen Klopfen. Molly meint außerdem, die betörenden Töne einer Querflöte ausmachen zu können und falls sie nicht alles täuscht, so könnte sie schwören, auch die leisen Klänge einer Violine wahrzunehmen, die in weichen Wellen ihre Kreise ziehen. Katrins Körper gleicht mehr und mehr einem harmonischen Symphonieorchester. *Genauso wie es wahrscheinlich gedacht war,* überlegt Molly und erfreut sich an der schönen Melodie.

Da der Lärm jetzt verebbt ist, hört Molly die Worte des Vaters auch deutlicher

„Katrin, hast du deine Hausaufgaben schon gemacht? Du weißt doch, dass du lernen musst."

Eigenartigerweise hört Molly jetzt nicht mehr die Aggressivität aus der Stimme heraus, sondern sie nimmt vor allem die Angst und Unsicherheit des Vaters wahr. Und diese hört Katrin nun auch zum ersten Mal. So fragt sie ihren Vater jetzt mit weicher Stimme:

„Papa, was ist eigentlich los mit dir? Du bist so unglaublich aufbrausend und scheinst niemals zufrieden zu sein mit dem, was ich mache. Ich glaube, du hast keine Ahnung, wie anstrengend das für mich ist. Ich habe einfach das Gefühl, es dir niemals recht machen zu können. Können wir nicht einfach mal normal miteinander reden?"

Molly kann den Vater vor ihrem inneren Auge jetzt auch sehen und sie beobachtet, dass er seine Tochter erstaunt anguckt. So hat Katrin noch nie mit ihm gesprochen, ihn einfach offen gefragt, was mit ihm los ist. Sonst ist es immer ein einziger Schlagabtausch zwischen ihnen. Und während der Vater normalerweise keine Widerworte duldet und Katrin zurechtweisen würde, sie solle nicht so frech sein, hört er sich jetzt zu seinem eigenen Erstaunen ehrlich antworten:

„Es sind die Sorgen, Katrin, sie wachsen mir einfach manchmal über den Kopf. Aber es bringt jetzt nichts, darüber zu reden. Das verstehst du nicht."

„Vielleicht ja doch", fordert Katrin in heraus. „Versuch es wenigstens mal."

„Ok", gibt der Vater zögerlich nach, „wenn du unbedingt willst. Also, Katrin, mein Arbeitsplatz ist einfach nicht sicher. Jeden Tag werden wieder Leute entlassen, und obwohl ich mein Bestes gebe, bin ich mir nicht sicher, ob ich nicht auch irgendwann dran bin."

Spreche ich wirklich gerade so mit meiner Tochter?, fragt er sich.

Doch bevor er es sich noch anders überlegen kann, sprudelt es weiter aus ihm heraus:

„Und falls ich meine Arbeit verlieren sollte, weiß ich nicht, wie ich das hier alles bezahlen soll – die Wohnung, deine Hobbys, unser aller Leben. Es ist mir einfach manchmal alles zu viel, die ganze Verantwortung. Und daher ist es wichtig, dass du viel lernst – damit du einmal einen besseren Beruf als ich haben kannst und dir diese Sorgen nicht machen musst."

Katrin fühlt sich komplett anders als zuvor. Sie weiß nicht, woher es gekommen ist, aber sie spürt plötzlich eine nie gekannte Ruhe in sich, die Raum für neue Zuversicht gibt. Zudem ist sie dankbar für den ehrlichen Austausch mit ihrem Vater. Und auch aus ihr kommen die Worte wie von alleine heraus:

„Ich verstehe dich, Papa. Das glaube ich zumindest. Aber weißt du, es hilft nicht, wenn wir uns so behandeln wie wir es momentan tun, denn das macht doch unser Leben zur Hölle, bevor überhaupt etwas Schlimmes passiert ist. Können wir stattdessen nicht versuchen, zu vertrauen, dass alles gut wird? Bislang fühlte sich alles unglaublich kalt und beengend an. Ich glaube aber nicht, dass unser Leben dazu gedacht ist. Warum versuchen wir nicht, den Moment zu genießen und füreinander da zu sein? Und wenn es mal schwieriger wird, schaffen wir das auch. Irgendetwas wird uns dann schon einfallen. Aber jetzt können wir es uns doch einfach mal gutgehen lassen, oder?"

Katrins Vater hat Tränen in den Augen. Er ist es nicht gewohnt, Gefühle zu zeigen oder solche Gespräche zu führen. Noch nicht einmal mit seiner Frau, geschweige denn mit seiner Tochter. Ein bisschen peinlich ist es ihm schon, seine Gefühle und Gedanken so offen darzulegen, aber genau wie bei Katrin fühlt es sich jetzt bei ihm tief drinnen anders an, irgendwie heller, und auch bei ihm entsteht eine neue Art der Zuversicht. Er hat doch bislang noch alles gemeistert. Und wenn er seinen Job verliert, wird er auch damit umgehen können. Mit der liebevollen Unterstützung seiner Familie, die doch eigentlich nur glücklich sein will und die immer hinter ihm stehen wird, egal ob er erfolgreich ist oder nicht.

Einem plötzlichen Impuls folgend, nimmt er Katrin fest in die Arme und beiden laufen die Tränen die Wangen hinunter. Sie spüren, wie eine altvertraute und doch nie erkannte Liebe in ihnen aufsteigt, von Herz zu Herz fließt und sich alles um sie herum öffnet, weitet, heller wird. Plötzlich muss der Vater über seine eigene Angst lächeln. Wegen eines Gefühls hat er sich das

Leben so vermiesen lassen? Obwohl doch in Wirklichkeit noch gar nichts passiert ist?

Und dann beschließt er, dass er morgen zu seinem Chef gehen und ihn um ein klärendes Gespräch bitten wird. Es ist besser, den Dingen in die Augen zu sehen, anstatt sich in sein Schneckenhaus zu verziehen und die Tage in der Hoffnung hinter sich zu bringen, dass das Befürchtete nicht eintritt. Und sollte er wirklich seinen Job verlieren, so ist er zuversichtlich, dass sein Chef ihn anderswo weiterempfehlen wird. *Damit beschäftige ich mich dann, wenn es so weit ist,* denkt er. *Eines nach dem anderen.* Und er spürt, wie ihm im wahrsten Sinne des Wortes ein Stein vom Herzen fällt.

Molly beobachtet die Szene und auch ihr laufen Tränen die Wangen hinunter. Sie ist mal wieder ergriffen von der Kraft der Liebe. Innerhalb von Minuten haben sich sowohl das Zuhause als auch der Körper von Katrin von einem Irrenhaus zu einem Ort der Wärme und Zuversicht verwandelt. Molly muss durch ihren Tränenschleier hindurch lächeln. Da hat sie jetzt tatsächlich gespürt, wie es sich im Körper eines anderen Menschen anfühlen kann. Sie erinnert sich an die Reise in ihren eigenen Körper zurück und daran, dass es auch bei ihr ein paar kleine Stauungen gegeben hat, aber das war nichts verglichen mit dem, was im Inneren von Katrin vor sich ging. Molly ist froh, dass jetzt auch bei Katrin Frieden eingetreten ist und sie wendet sie sich von ihr ab und wieder zu ihrem Platz am Bach hin. Dann atmet sie tief durch und strahlt ihre Liebe voller Freude und Leichtigkeit zu den Bienen und Blumen hin und dann selbst zu ihrem Fahrrad, das sie immer zuverlässig durch die Gegend kutschiert. Sie empfindet Liebe für alles um sie herum und alles scheint noch ein wenig heller, fröhlicher, lebendiger zu werden. *So soll also das Leben sein,* denkt Molly sich. *Ja, das fühlt sich richtig an.*

So sitzt Molly einfach eine Zeitlang da, genießt ihr Dasein und verdaut das eben Erlebte. Dann wandern ihre Gedanken langsam zu ihrem Lehrer Herrn Becker. Sie weiß auch nicht, wieso sie gerade jetzt an ihn denken muss. Vielleicht, weil auch er von Katrin häufig schikaniert wurde. Aber wenn Molly ehrlich zu sich ist, muss sie zugeben, dass sie selbst auch nie besonders nett zu ihm gewesen ist. Sein Unterricht ist einfach so unglaublich fade und er kann sich nicht durchsetzen, da machen eben alle mit ihm, was sie wollen.

Kaum hat sie den Gedanken zu Ende gedacht, findet Molly sich in einer nebligen, schwarz-weißen Landschaft wieder. Sie schüttelt sich. Wo ist sie denn jetzt schon wieder gelandet? Dieser Tag bringt wirklich eine Menge eigenartiger Überraschungen! Sie sieht sich um und erkennt voller Erstaunen, dass es hier im Grunde so wie in ihrer Gefühlslandschaft aussieht. Aber während ihre Landschaft vor Leben brodelt, von Feen, Kobolden und Schmetterlingen bewohnt ist, die Sonne scheint und die Flüsse goldenes Wasser tragen, ist hier alles Grau in Grau. Keine Farbe und kein Geräusch durchdringen das dumpfe Einerlei. Molly fröstelt. Wo ist sie hier bloß gelandet?

„Es ist eher öde hier, was, Molly?“, kommt ihr da ihr Schutzengel zur Hilfe. „Na, kein Wunder, denn jetzt bist du in der Gefühlswelt deines – ach, so faden – Lehrers Herrn Becker“, neckt er sie.

Molly verdreht die Augen. Von Katrins Körper zu Herrn Beckers langweiliger Gefühlslandschaft, muss das sein?! Ihr Schutzengel hat ihre Worte wirklich sehr ernst genommen!

Und tatsächlich sieht Molly jetzt Herrn Becker traurig zu Hause an seinem Tisch sitzen und teilnahmslos in eine Kerze starren. Er denkt an seine Frau, die letztes Jahr verstorben ist und die er so sehr vermisst. Eigentlich weiß er gar nicht mehr, wieso er noch lebt, seit sie weg ist. Sie war sein Ein und Alles, die einzige, die ihm zuhörte und die ihn wirklich ernst nahm. Sie hat ihn auch zum Lachen gebracht und wenn sie selber lachte, war es für Herrn Becker jedes Mal, als würde die Sonne aufgehen und sein Herz erwärmen. Jetzt hat er niemanden mehr.

Manchmal tut er so, als sei sie noch da und das gibt ihm vorübergehend Trost. Aber wenn er sich daran erinnert, dass sie wirklich weg ist, fühlt es sich an, als würde sein Herz herausgerissen werden und der Schmerz ist manchmal so stark, dass er ihn kaum ertragen kann. Zu anderen Zeiten wiederum ist er sich gar nicht mehr sicher, ob er überhaupt noch ein Herz hat. Dann ist alles in ihm und um ihn herum dumpf, genau wie jetzt, und er fragt sich, wofür er eigentlich lebt. Er scheint keine Leidenschaft mehr für irgendetwas empfinden zu können, alles ist so sinnlos.

Früher hat ihm wenigstens seine Arbeit noch Spaß gemacht. Als junger Lehrer ist er jeden Morgen voller Elan aus dem Bett gesprungen und hat sich auf den vor ihm liegenden Tag gefreut. Er hat sich gewissenhaft vorbereitet, um den Kindern das Beste zu bieten und ihnen den Lehrstoff so verständlich wie möglich zu vermitteln. Aber schon bald merkte er, dass er nicht die Persönlichkeit hat, die von anderen geschätzt wird. Er ist nicht lustig und auch nicht unterhaltsam und seine langsame, bedächtige Art langweilt die Kinder maßlos. Vor allem dieses Mädchen Katrin versucht ihm stets das Leben zur Hölle zu machen und er schämt sich, dass er sich vor der scharfen Zunge einer Schülerin fürchtet.

MOLLY SITZT im Gras und empfindet die Gefühle ihres Lehrers fast so, als wären es ihre eigenen. Sie spürt jetzt auch, wieso seine Landschaft so grau ist: Es ist keine Freude mehr da, keine Lebendigkeit, er hat alles von dem grauen Schleier der Trauer überziehen lassen und den anderen Gefühlen keine Chance gegeben, sich auszuweiten. Seine Freude und seine Lebenskraft wurden regelrecht erstickt.

Molly laufen wieder die Tränen hinunter und sie empfindet tiefes Mitgefühl für ihren Lehrer. Sie lässt ihre Liebe nun auch zu ihm fließen, denn er scheint die Liebe in sich selber vergessen zu haben. Und wie durch ein Wunder kitzelt dies die Liebe in ihm wach, die nur darauf gewartet hat, wieder gerufen zu werden. Und genau wie die Liebe zuvor den Lärm in Katrin einfach aufgelöst hat, so lässt sie jetzt bunte Schmetterlinge in den Himmel steigen, die den Schleier mühelos heben und auf ihren Flügeln davontragen.

Molly betrachtet das Geschehen mit offenem Mund. Ohne den grauen Dunst bekommt sie einen klaren Ausblick über die gesamte Landschaft. So kann sie jetzt auch die Trauer selbst in ihren unterschiedlichen elfenhaften Gestalten erkennen und beobachtet gerührt, wie diese würdevoll davonschreitet.

Die Trauer ist für Molly mittlerweile wie eine gute, alte Freundin und sie merkt, dass diese sichtlich erleichtert ist, sich zurückziehen zu dürfen. Denn sie existiert zwar als ein natürlicher Teil dieser vielfältigen Innenwelt, aber es war doch nie in ihrem Interesse, die gesamte Gefühlslandschaft für sich einzunehmen. Dies war ihr zu viel und sie ist froh, jetzt wieder ihren angestammten Platz einnehmen zu dürfen.

Molly sieht, dass die Gestalten der Trauer die kleine Angst in ihrer Mitte haben, die sich jetzt zu Molly umdreht und ihr liebevoll zuwinkt. Molly winkt zurück. Auch an die Angst kann sie sich noch gut erinnern und ja, sie ist immer noch da, denn Molly ist ja ein Mensch und jedes Lebewesen kennt die Angst. Aber sie ist jetzt nur noch ein kleiner Teil von ihr, der ab und zu mal vorwitzig hervorschaut und das war es dann auch. Außerdem hat Molly sie in ihrer zarten Verletzlichkeit lieb gewonnen.

Doch jetzt genießt sie das wundervolle Schauspiel, das sich vor ihren Augen abspielt: Ohne den trüben Schleier ist die Landschaft wieder frei für die Sonne und ihr zauberhaftes Lichtspiel.

Schwach zunächst und dann immer stärker sendet sie ihre Strahlen herunter, erwärmt das Land und badet es in goldenem Glanz. Von ihrem Leuchten und dem Tanz der Schmetterlinge angezogen, stecken jetzt die ersten Kobolde ihre Nasen aus den Häusern heraus, erstaunt über die langsam wieder zum Leben erwachende Landschaft. Zaghaft zunächst und dann breiter und breiter wächst ein Lächeln über ihre Gesichter und sie trauen sich schließlich ganz nach draußen. Erst zögerlich, dann immer zuversichtlicher lüften sie ihre Hüte und fangen an, eifrig die Gärten umzupflügen, um neuen, farbenfrohen Blumen Platz zu machen. Auf diesen Tag haben sie schon lange gewartet!

Jetzt sieht Molly im Hintergrund auch die Frösche und Drachen, die sie ebenfalls aus ihrer eigenen Gefühlswelt kennt, und sie lacht erstaunt auf – das Gefühlsleben eines jeden Menschen scheint im Grunde genommen doch eher gleich zu sein. Klar, es ist alles in unterschiedlichem Ausmaß vorhanden, aber die Ähnlichkeiten sind doch unverkennbar: Trauer, Freude, Angst und Scham – sie sind in uns allen da.

Zu Mollys Freude fliegen jetzt auch die Feen heran und lassen den Himmel in ihren Glitzerkleidern erstrahlen. Sie weben mit ihren goldenen Haaren Flüsse und Molly entscheidet sich nachzuschauen, wie es Herrn Becker jetzt in seiner Stube geht. Er sitzt weiterhin am Tisch und blickt in die Kerze, aber langsam merkt er, wie sich etwas in ihm löst. Irgendwie scheint eine leise Freude in ihm aufzukommen, von der er gar nicht mehr wusste, dass er sie noch hat. Er möchte diese Freude festhalten, aber er spürt, dass ihn noch etwas zurückhält. Er ahnt, was es ist. Daher denkt er jetzt an seine verstorbene Frau und sagt in den Raum hinein:

„Isabelle, bitte gib mir ein Zeichen, dass du da bist und dass es in Ordnung ist, wenn ich mich wieder gut fühle. Ich merke jetzt", sagt er, erstaunt über sich selbst, „ich habe mich gar nicht getraut, glücklich zu sein. Als du während deiner Krankheit so gelitten hast und dann auch noch daran gestorben bist, fühlte ich mich wie ein Versager. Ich konnte dir den Schmerz nicht nehmen und den Tod nicht aufhalten. Ich hatte das Gefühl, ich hätte mit dir sterben sollen. Ich fühlte mich regelrecht schuldig, am Leben geblieben zu sein. Aber das darf jetzt aufhören, Isabelle. Ich lebe, ich bin noch relativ jung und ich bin gesund. Und ich habe eine Aufgabe, die mir sicherlich wieder Spaß machen kann, wenn ich es nur zulasse. Die Kinder in der Schule brauchen mich, und auch wenn sie manchmal schwierig sind, ist jedes einzelne von ihnen es wert, dass ich mein Bestes gebe. Das schulde ich mir auch selbst. Also, Isabelle, meine Liebe, ich werde jetzt wieder anfangen zu leben. Aber ich würde mich trotzdem über ein Zeichen von dir freuen, denn ich liebe dich immer noch und werde mich dir stets verbunden fühlen. Es wäre schön zu wissen, dass du weiterhin hinter mir stehst."

Er fühlt sich ein wenig albern, als er diese Worte sagt, mit sich selbst allein im Zimmer und er erwartet auch nicht wirklich eine Reaktion. Aber plötzlich spürt er, wie ein Leuchten in ihm aufsteigt und nicht nur ihn, sondern scheinbar den ganzen

Raum mit Helligkeit erfüllt. Er sieht erstaunt die Kerze an, ob sie für das plötzliche Spektakel verantwortlich ist, aber sie flackert weiterhin sanft vor sich hin. Nein, das Leuchten kommt tatsächlich aus seinem Inneren heraus. Es ist, als sei ein Schleier weggezogen worden und Isabelles Lächeln würde sich wie die Sonne aus ihm heraus erheben und alles in ihm und um ihn herum zum Strahlen bringen.

Und ja, Herr Becker strahlt jetzt. Denn er sieht mit absoluter Klarheit, dass unabhängig von äußeren Umständen die Liebe, die ihn und seine Frau erfüllt hat, niemals erlöschen kann – und dass Isabelle ihm sein Glück nicht nur gönnt, sondern es ihm sogar von ganzem Herzen wünscht.

Ein lang vergessenes Lebensgefühl erwacht in ihm und Molly beobachtet lächelnd, wie Herr Becker mit Schwung aufsteht, lustige Tanzmusik aufdreht und sich dazu lachend im Kreis dreht. Danach nimmt er ein langes Bad, rasiert sich ordentlich und nimmt sich vor, morgen in der Stadt neue Kleidung kaufen zu gehen. Er hat sich lange genug gehen lassen, damit ist jetzt Schluss! Und vielleicht würde er sogar die hübsche Deutschlehrerin mal zum Essen ausführen, Isabelle würde ihm dies sicherlich auch gönnen. Und damit leuchtet es nochmals besonders hell in ihm auf.

MOLLY MACHT die Augen auf und atmet tief durch. Puh, was für eine Erfahrung! Sie fühlt sich ebenfalls, als sei ein Schleier vor ihren Augen weggezogen worden. Ihr Lehrer war immer ein fremdes Wesen für sie gewesen. Er war ihr bestenfalls egal und eigentlich hat sie sich nie wirklich vorstellen können, dass auch er Gefühle hat. Tatsächlich ist seine Gefühlswelt ihrer eigenen sogar ähnlich. Das macht ihn Molly gleich viel sympathischer und sie weiß, dass sie ihn von nun an mit ganz anderen Augen betrachten wird.

Molly fühlt sich fast ein wenig erschöpft. All diese Emotionen und neuen Entdeckungen sind doch ganz schön viel für einen Tag! Aber sie spürt – sie möchte noch eine Person besser kennenlernen. Eine Person, die sie als selbstverständlich hinnimmt, aber die immer für sie da ist und alles in den Hintergrund rückt, wenn es um sie, Molly, geht: ihre Mutter! Ihre Mutter tut immer alles, um Molly zu verstehen, jetzt möchte sie auch einmal einen kurzen Blick in das Leben ihrer Mutter werfen und herausfinden, ob sie ihre Mutter so gut kennt wie sie denkt. Molly ist etwas nervös. Sie weiß nicht genau, ob sie das Recht hat, in das Innenleben ihrer Mutter zu schauen. Sie kommt sich fast vor, als würde sie heimlich herumschnüffeln.

„Was meinst du, Schutzengel, darf ich das alles überhaupt? Erst der Körper von Katrin, dann die Gefühle von Herrn Becker und jetzt noch Mama. Bin ich vielleicht doch etwas zu neugierig?", fragt sie in Gedanken.

„Mach dir keine Sorgen, Molly", kommt prompt die Antwort ihres Schutzengels. „Die Liebe würde es niemals zulassen, dass du die Bereiche aus dem Leben eines Menschen siehst, die dieser geheim halten möchte. Das einzige, was du sehen kannst, ist, was andere Menschen mitteilen wollen und wo sie Rat und Hilfe suchen, selbst wenn diese Sehnsucht tief in ihrem Herzen verborgen ist. Alle Menschen sehnen sich danach, gesehen und verstanden zu werden und Mitgefühl ist, sich in andere hineinversetzen zu können – aber natürlich nur in dem Ausmaß, in dem diese das zulassen."

Und so schließt Molly in Vorfreude und mit leicht klopfendem Herzen ihre Augen und versetzt sich in ihre Mutter hinein. Aber anstatt Freude zu empfinden, macht sie das, was sie sieht, traurig. Ihre Mutter hat, wie nicht anders erwartet, eine wunderschöne Gefühlslandschaft in sich, die vor allem von den anmutigen Feen beherrscht wird und natürlich auch von den lustigen Kobolden. Das wundert Molly nicht. Ihre Mutter hat immer ein Lächeln in den Augen und ist die anmutigste Frau, die Molly kennt. Und die Feen stehen ja, wie sie sich erinnert, für die Anmut. Aber was Molly außerdem sieht, ist die Gedankenwelt ihrer Mutter, jenes faszinierende Universum, das sie, Molly, mit einem wahren Feuerwerk zum Leuchten gebracht hat, als sie sich vorgestellt hat, wie sie als erfolgreiche Sängerin auf der Bühne steht. Und dann gab es da ein paar dunkle Wolken, an die sie sich erinnert, die von ihren unwahren und klein machenden Gedanken stammten, zum Beispiel, dass einem im Leben nichts geschenkt wird. Molly lernte durch diese Erfahrung, dass das Leben ein einziges Geschenk ist. Aber bei ihrer Mutter sieht sie jetzt nur ein paar vereinzelte Feuerwerksfunken, das meiste sind dunkle, tief hängende Wolken. Molly wird traurig. Wie kann das nur sein? Warum hat ihre wundervolle, immer so zuversichtliche Mutter solch eine trübe Gedankenwelt?

Molly hört genauer hin und vernimmt jetzt einzelne Gedankenfetzen. Die Wörter ‚Pflicht', ‚Bescheidenheit' und auch ‚Familie' tauchen wieder und wieder auf. Molly erschrickt. Bereut ihre Mutter etwa, sie und ihren Bruder bekommen zu haben? Aber nein, sie liest vielmehr in den Gedanken ihrer Mutter, dass diese auch mal ein Mädchen mit Träumen und Bedürfnissen gewesen ist. Und die waren besonders stark, als die Mutter noch jung war und ihr ganzes Leben vor sich hatte. Dann heiratete sie, bekam Kinder und fing an, ihre eigenen Bedürfnisse hintanzustellen, um denen ihrer Familie gerecht zu werden. Im Laufe der Zeit sind ihre Träume unter dem Druck des Pflichtbewusstseins sprichwörtlich in sich zusammengebrochen.

Molly kann nicht anders: Sie öffnet ihr Herz mehr und mehr für ihre Mutter und schickt ihr unendlich viel Liebe. Und während die Liebe zu ihrer Mutter strömt, wird deren Gedankenwelt heller und heller und die dunklen Wolken lüften sich. Hervor kommen zunächst zögerlich die alten

Träume, die so lange begraben waren und denen nun wieder neues Leben eingehaucht wird. Die Träume nehmen Form an und erstaunt erkennt Molly jetzt, dass ihre Mutter immer Malerin werden wollte. Sie sieht die wunderschönen Bilder, die früher in der Fantasie ihrer Mutter entstanden sind und stets darauf warteten, auf eine Leinwand gebracht zu werden. Dorthin haben sie es jedoch niemals geschafft, da das Pflichtbewusstsein sie gefangen gehalten hat. Jetzt erblühen sie in der Vorstellung ihrer Mutter wieder in den schönsten Farben – bunte, glücklich machende Bilder voller Blumen in saftiger Natur. Ihre Mutter ist wie eine sich unendlich fortsetzende Farbpalette.

Molly kommen die Tränen vor Rührung, sie wusste nicht, dass solch eine Lebendigkeit und Kreativität in ihrer Mutter steckt. Und sie spürt das Bedürfnis dieser Schönheit, nach außen gebracht, mit anderen Menschen geteilt zu werden. Von dieser drangvollen Energie angefeuert, entstehen jetzt auch in ihrer Mutter wahre Feuerwerke, die sich zu immer neuen Blumen und Landschaften formen. So sehr Molly ihre Mutter auch stets bewundert hat, dass sie die Schöpferin solch einer reichen Welt ist, hätte sie niemals gedacht!

Schließlich sieht sie immer mehr Wünsche ihrer Mutter aufflammen, es scheint kein Ende zu nehmen: Reisen sind dort, viele Reisen in südliche Länder voller Leichtigkeit und Lebenslust. Vor allem Reisen nach Italien kommen immer wieder vor. Ihre Inspiration scheint die Mutter von diesem wunderschönen Land zu bekommen, aber es ist schon lange her, dass sie das letzte Mal dort war. Außerdem gibt es dort so vieles, was sie noch nicht gesehen hat. Sie war noch nie in Rom und auch noch nie in Florenz, und die Sehnsucht nach diesen Städten brodelt in ihr auf und schießt ebenfalls als Feuerwerk in die Höhe. Dann werden diese Städte von anderen Orten abgelöst, von anderen Träumen, Hoffnungen und Wünschen. Molly beobachtet den Feuerzauber noch eine Weile, und entscheidet sich dann, dass sie genug gesehen hat. Es wird Zeit, die Mutter wieder ihrer eigenen Gedankenwelt zu überlassen.

Molly öffnet die Augen und setzt sich auf. Sie ist erschöpft, aber glücklich. Drei Reisen zu drei Menschen – einmal in den Körper eines Menschen, den sie eher nicht mochte, dann zu der Gefühlslandschaft von einem, der ihr ziemlich egal war, und dann in das Gedankenuniversum ihrer eigenen Mutter, die sie natürlich immer geliebt hat, aber die sie doch nicht so gut kannte wie sie dachte. Und jedes einzelne Mal hat die Liebe alles zum Besseren gewandelt und selbst der verfahrensten Situation Farbe und Helligkeit eingehaucht. Sie hat wirklich die Macht, alles umzuwandeln und dort Licht und Leben hineinzubringen, wo bislang Dunkelheit oder Brachland war.

Molly bleibt noch eine Zeitlang sitzen und lauscht den Geräuschen der Natur um sich herum. Dem Bach, den Vögeln, den summenden Bienen und auch ihrem eigenen klopfenden Herzen. Sie fühlt sich dabei sehr friedvoll.

Dann steigt sie wieder auf ihr Fahrrad und fährt langsam nach Hause zurück. An diesem Abend ist sie sehr still. Sie muss die eindrücklichen Erlebnisse des Tages erst verarbeiten und geht früh ins Bett. „Heute keine wilden Träume mehr, lieber Schutzengel", denkt sie sich. „Ich hatte wirklich genug für einen Tag." Und damit fällt sie in einen tiefen Schlaf.

Als Molly am nächsten Morgen aufwacht, schießen ihr die Ereignisse des letzten Tages sofort in den Kopf. Mittlerweile kommt ihr alles eher unwirklich vor. *Ist das gestern wirklich passiert,* fragt sie sich, *oder war es nur meine Fantasie, die verrückt gespielt hat?* Sie ist sich nicht sicher. Auch auf dem Weg zur Schule kann sie die Gedanken an den gestrigen Tag nicht loslassen. Es hat sich alles so echt angefühlt! Ob sich wirklich etwas in den Menschen, die sie gestern auf so außergewöhnliche Weise besucht hat, verändert hat? *Aber nein, das war sicherlich nur meine Einbildungskraft,* schlussfolgert sie sachlich. Jetzt ist die Realität wieder da und sie hat gleich Erdkundeunterricht bei dem traurigen Herrn Becker.

Aber als sie in der Schule ankommt, sieht Herr Becker gar nicht traurig aus. Er lacht und ist voller Elan. Molly könnte schwören, dass sie ihn vorher noch nie lachen gesehen hat! Zudem wirkt er ganz anders – jünger, viel jünger. Und er macht Witze, das ist etwas ganz Neues!

„Guten Morgen, Kinder", sagt er in bester Laune und die ganze Klasse starrt ihn fasziniert an. „Heute ist ein so schöner Tag, da wollen wir doch nicht in diesem Schulhaus hier festsitzen. Die Natur wartet darauf, aus erster Hand von uns erkundet zu werden. Wir wollen sie fühlen, riechen, betasten und spüren, dass wir selber ein Teil von ihr sind. Also, auf, Kinder, lasst uns rausgehen!"

Die Klasse kann ihren Augen und Ohren kaum trauen. Was ist nur aus ihrem langweiligen, stets etwas traurigen Lehrer geworden? Aber darüber denken sie jetzt nicht weiter nach. Dafür ist dieses Angebot, das Schulhaus zu verlassen, viel zu reizvoll und sie laufen nach draußen, bevor er es sich womöglich anders überlegt.

Aber das tut er nicht. Stattdessen marschiert er mit ihnen durch den Wald und die Felder und hat so einen mitreißenden Schwung, dass sich bald ein ganzer Pulk von Schülern um ihn schart und seinen Worten lauscht.

Molly bleibt etwas zurück und beobachtet die Geschehnisse interessiert. Da kommt plötzlich Katrin auf sie zu. *Oh nein,* denkt Molly, *muss das jetzt sein? Es ist gerade alles so schön. Auch wenn ich Katrin jetzt besser verstehe, brauche ich im Moment wirklich niemanden, der mich aufzieht und provoziert.* Aber dann fällt ihr auf, dass auch Katrin anders aussieht.

„Hallo Molly", sagt sie und schaut zu Boden. „Ich habe dir etwas mitgebracht." Und damit gibt sie Molly eine kleine Tüte mit Plätzchen. „Selbst gebacken", murmelt sie.

Jetzt fallen Molly wirklich fast die Augen aus dem Kopf. „Danke", antwortet sie verunsichert. „Aber wieso bringst du mir Plätzchen mit?"

„Ich weiß auch nicht genau", antwortet Katrin, „kam einfach so über mich. Aber irgendwie war ich oft gemein zu dir. Zu dir und auch zu anderen. Das tut mir leid. Ich will das nicht mehr. Meinst du, wir können das hinter uns lassen?"

„Schon vergessen", lächelt Molly und spürt, wie ihr Herz vor Freude hüpft. Dann schlendert sie mit Katrin Seite an Seite den Weg entlang und sie unterhalten sich erst schüchtern, dann immer angeregter über Gott und die Welt. Molly erkennt erstaunt, dass hinter Katrins harter Fassade ein sensibles und intelligentes Mädchen steckt und sie nimmt sich vor, dieses zarte Pflänzchen der Freundschaft, das gerade zwischen ihnen erblüht, gut zu hegen.

Auf dem Nachhauseweg strahlt Molly über das ganze Gesicht. Was war sie vor ein paar Wochen schon fasziniert, als sie erfahren durfte, dass sie die Königin über ihren Körper, ihre Gefühle und ihre Gedanken ist. Aber jetzt erkennt sie: Mit ihrer Liebe allein kann sie nicht nur sich selbst, sondern die ganze Welt verzaubern! Sie hat noch viel mehr Macht als sie dachte.

ABER WIE STAUNT SIE ERST, als sie nach Hause kommt und sieht, dass ihre Mutter den Tisch festlich auf der Terrasse gedeckt hat und fröhliche italienische Musik durchs ganze Haus schallt! Die Mutter hat Limonade eingeschenkt und den Tisch mit lauter Köstlichkeiten eingedeckt. Als Molly hereinkommt, nimmt ihre Mutter sie gut gelaunt und liebevoll in den Arm.

„Komm, Molly, vergiss erstmal die Hausaufgaben, was hältst du davon, wenn wir uns einen schönen Nachmittag machen?"

Molly strahlt.

„Weißt du, Molly, wir haben doch so ein schönes Leben, aber wir genießen es nur selten und ich habe mich so lange nicht mehr richtig mit dir unterhalten. Dein Bruder ist heute bei einem Freund und Papa arbeitet. Das heißt, wir beide haben richtig viel Zeit zusammen und ich möchte hören, wie es dir so geht. Aber zunächst habe ich ein Geschenk für dich."

Und damit überreicht sie Molly einen Umschlag. Molly ist verblüfft. Ein Geschenk für sie – einfach so? Als sie den Umschlag aufmacht, findet sie einen Gutschein für Gesangsstunden! Sie traut ihren Augen kaum. Ihren großen Traum, Singen zu lernen, hat ihre Mutter doch bisher nie unterstützt.

„Molly, mein Liebling, ich mache mir solche Vorwürfe. Ich weiß doch, wie sehr du das Singen liebst und habe es nie wirklich ernst genommen. Ich wollte, dass du dich auf andere Dinge konzentrierst, deine Hausaufgaben machst, damit du später einen soliden Beruf mit einem gesicherten Einkommen ergreifen kannst. Ich habe mir vorgestellt, dass du zum Beispiel Rechtsanwältin oder Ärztin wirst. Deinen Traum, Sängerin zu werden, habe ich schon fast belächelt, obwohl ich doch weiß, dass du Talent hast und es dir so viel Freude macht. Jetzt möchte ich nur noch, dass du glücklich bist. Natürlich sollst du weiterhin deine Hausaufgaben machen, aber nimm ein paar Gesangsstunden und schau, ob es dir wirklich gefällt. Und wenn es das ist, was du tun willst, werden Papa und ich dich aus ganzem Herzen dabei unterstützen. Wir haben uns gestern darüber unterhalten und sind uns einig. Und dein Bruder soll von uns aus Feuerwehrmann werden, wenn er möchte", fügt sie lachend hinzu.

Molly lacht mit.

„Und dann gibt es noch etwas, was ich dir erzählen wollte, Molly", sagt ihre Mutter und wird leicht rot. „Auch ich habe Träume, obwohl ich sie fast vergessen habe. Und der größte dieser Träume ist, zu malen. Daher habe ich mich jetzt auch zu einem Malkurs angemeldet. Das kommt mir wie das Eigennützigste vor, was ich seit langer Zeit getan habe, aber es gehört auch mit zum Schönsten", sagt sie jetzt mit einem Strahlen, das

Molly an die Jugendfotos ihrer Mutter erinnert. „Ich freue mich schon den ganzen Tag darüber wie ein Kind. Ja, wie ein Kind …", sagt sie dann nachdenklich. „Ihr Kinder wisst noch, wie man sich freut, wir Erwachsenen hingegen haben es fast vergessen. Ich kann noch viel von dir lernen, Molly!"

Molly strahlt mit ihrer Mutter um die Wette. Und dann sagt sie mit einem Zwinkern: „Weißt du was, Mama, mir fällt da auch etwas ein. Wieso machen wir zwei nicht ab und zu eine Reise zusammen? Vielleicht könnten wir ja dieses Jahr mal nach Florenz. Und nächstes Jahr nach Rom?"

Ihre Mutter guckt sie verdutzt an. „Was für eine schöne Idee", ruft sie. „Florenz und Rom, da wollte ich schon immer gerne hin. Es ist, als hättest du meine Gedanken gelesen. Das ist fast schon wie Zauberei."

Sie wirft Molly einen seltsamen Blick zu. Ihre Tochter hat sich in den letzten Wochen sehr verändert. Sie hat nicht nur ein ganz neues Selbstbewusstsein und eine natürliche Gelassenheit entwickelt, sondern strahlt zudem eine Art von Weisheit aus. Und irgendwie scheint diese Entwicklung einen Einfluss auf jeden in Mollys Umgebung zu haben. Um sie herum wandelt sich alles zum Besseren, auch sie selbst, Mollys Mutter.

Aber bevor sie noch etwas sagen kann, beginnt Molly zu lachen: „Zauberei ... Florenz und Rom, Mama, das liegt doch auf der Hand. Aus Italien kommen doch so viele tolle Opern und wenn ich jetzt mit den Gesangsstunden anfange, sind die beiden Städte doch ein tolles Ziel. Und sie passen zur Malerei, da können wir uns dann beide inspirieren lassen."

Ach, das ist es also, denkt die Mutter, erleichtert von dieser Erklärung. *Mütter und Töchter sind sich doch viel ähnlicher als man denkt.*

Und dann setzen sie sich hin und die Mutter fragt Molly:

„Und, Molly, was gibt es so Neues in deinem Leben?"

„Ach, nicht viel", antwortet Molly nicht ganz wahrheitsgetreu, um sich dann zu denken: *Sorry, Liebe, aber es ist mir vielleicht ein bisschen zu früh, über dich zu sprechen. Eines nach dem anderen.*

Und dann erzählt sie ihrer Mutter von den wundersamen Veränderungen, die in Katrin und ihrem Lehrer vor sich gegangen sind und für die sie so gar keine Erklärung hat …

Und die Liebe lächelt.

JETZT ERHÄLTLICH: EIN AUSFÜLLBUCH FÜR KINDER, BASIEREND AUF DEN MOLLY-BÜCHERN!

Wir freuen uns ganz besonders, dass jetzt auch **MEINE REISE INS GLÜCK** erhältlich ist - ein interaktives Ausfüllbuch für Kinder, durch das sie unmittelbar die Faszination ihres Körpers, den Tanz ihrer Gefühle, die Macht ihrer Gedanken und schließlich ihre wahre, unendliche Natur erfahren.

Das Buch mit seinen feinfühligen Fragen und Aufgaben ist liebevoll gestaltet und kann mit oder ohne die vorherige Lektüre der Molly-Bücher genutzt werden. Als perfektes Geschenk kommt es in Hochglanz und im Großformat.

EINE NACHRICHT VON ANNA UND EIN GESCHENK FÜR DICH!

Danke, dass du Molly verzaubert ihre Welt gelesen hast! Ich hoffe, es hat dir gefallen. Jetzt ist auch die Fortsetzung da:

In **Molly, Architektin des Lebens** fragt Molly sich, ob ihr Schutzengel wohl recht hat, wenn er behauptet, dass Molly sich genau das Leben erschaffen kann, das sie will. Und ob es wirklich so kinderleicht ist, wie dieser sagt. Molly hat da so ihre Zweifel, aber sie macht sich auf, um es selbst herauszufinden!

Natürlich würde sie sich freuen, wenn du sie auf dieser Reise begleitest. Denn wer weiß, vielleicht kannst du ja auch dein Traumleben erschaffen …

Blättere um für dein Geschenk …

MEIN GESCHENK FÜR DICH:

Als Dankeschön für deine Treue würde ich dir gerne mein Buch **TICKET ZUR ERDE UND ZURÜCK** schenken.

Bei TICKET ZUR ERDE UND ZURÜCK handelt es sich um eine spirituelle Fabel für Erwachsene, die im Robert-Betz-Verlag zum Bestseller wurde und tausenden von Menschen zu einem glücklicheren Leben verholfen hat. Wenn auch du die transformierende Geschichte lesen möchtest, so trag dich einfach auf www.annakupka.com für meinen Newsletter ein und ich schicke dir das Buch per E-Mail zu.

Nochmals Danke von Herzen, deine Anna

BÜCHER VON ANNA CAMILLA KUPKA

Mollys wundersame Reise (Molly Band 1)

Molly verzaubert ihre Welt (Molly Band 2)

Molly, Architektin des Lebens (Molly Band 3)

Meine Reise ins Glück (Ein Ausfüllbuch - Molly Band 4)

In Liebe, Chanel (Sophie Vanderbilt Band 1)

Versace spielt mit Feenstaub (Sophie Vanderbilt Band 2)

Gott rette McQueen (Sophie Vanderbilt Band 3)

Karl der Große (Sophie Vanderbilt Band 4)

Mein Dankbarkeitstagebuch: Ein interaktives Tagebuch für Kinder lila

Mein Dankbarkeitstagebuch: Ein interaktives Tagebuch für Kinder blau

Ticket zur Erde und zurück

ÜBER DIE AUTORIN

Anna Camilla Kupka wuchs in Düsseldorf auf, wo sie erst Jura studierte und dann ihren Doktortitel an der Universität Münster erwarb. In Folge studierte sie an der *Stanford Graduate School of Business* in Kalifornien und lebte 10 Jahre in Irland. Heute lebt und liebt Anna in Zürich. Anna glaubt daran, dass ein glückliches Leben unser Geburtsrecht ist und setzt sich besonders dafür ein, dass junge Menschen ihr Potenzial erkennen und leben. Denn wir alle haben einzigartige Talente – es gilt sie nur zu erkennen. Wenn dir das Buch gefallen hat, so würde sie sich riesig über eine Rezension freuen. Danke!

www.annakupka.com

Printed in Germany
by Amazon Distribution
GmbH, Leipzig

18304722R00025